Anke Bierbrauer

Ich bin »Nanu« – Pilotin auf vier Pfoten

Bibliografische Information der Deutschen Nationalbibliothek

Die Deutsche Nationalbibliothek verzeichnet diese Publikation in der Deutschen Nationalbibliografie; detaillierte bibliografische Daten sind im Internet über http://dnb.d-nb.de abrufbar.

Orber Str. 30, D-60386 Frankfurt/Main

Schriftart: Palatino 12 pt
Herstellung: ef/bf
ISBN 978-3-86455-831-3

Anke Bierbrauer

Ich bin »Nanu« – Pilotin auf vier Pfoten

edition fischer

Für alle meine Hunde
vor und hinter der Regenbogenbrücke,
die immer einen Platz
in meinem Herzen haben werden.

Mein herzlichster Dank gilt
meiner wunderbaren Nichte Lotta,
die mich durch ihre ehrliche,
positive Kritik dazu ermutigte,
dieses Buch zu veröffentlichen.

»Poch … poch … poch … poch …«, das war das Erste, was ich hörte. Ein wunderschönes, melodisches Geräusch. Ich hörte es gerne und ich fühlte mich geborgen, warm und gut.

Ich wusste nicht genau, wo und wer ich bin, aber ich lag in einer weichen, wässrigen Umhüllung, die mich in manchen Momenten sanft hin und her schaukelte. Sonst war es sehr still. Ich bemerkte, dass ich nicht alleine war, denn ständig stupste mir etwas an den Po. Etwas, das mir zu verstehen gab, ich sollte Platz machen. Aber wie? Ich hatte doch selbst kaum Platz und stieß sowieso schon ständig an diese komische, unsichtbare Sache da um mich herum. Ich schlief wieder ein.

Ein großer Druck auf meinen Körper riss mich jäh aus meinem schönen, ruhigen Schlaf. Wo war die Hülle??? Ich hörte Geräusche, die ich nicht kannte.

»Es wird gleich soweit sein, Frau Sperling.«

Wie, was würde gleich soweit sein, und was bedeutete das, und wer war Frau Sperling, und was war Frau Sperling? Ich wollte sofort meine Hülle wieder. Aua, das drückte. Dann wurde es plötzlich heller in meinem, tja, in meinem was? In meinem, da, wo ich war. Oh, super, ich hatte mehr Platz.

»Da haben wir ja den ersten Racker. Es ist ein Rüde.«

Was nun? Ein Racker oder ein Rüde? Und was war ein Racker oder ein Rüde? Egal, ich hatte mehr Platz, gut dass der Rackerrüde weg war. Aua, Mensch, das tat weh.

»... und Nummer 2.«

»Wie süß die sind, Doktor Theobald.«

Nummer 2? Wer oder was war denn jetzt schon wieder Nummer 2? Für mich spielte das keine Rolle, ich fand Nummer 2 klasse. Nummer 2 war weg und ich hatte den Platz von Rackerrüde und Nummer 2. Herrlich. Endlich kehrte Ruhe ein.

»... poch ... poch ... poch ... poch ...«

Viel schneller als sonst, aber auch okay. Ich schlief lieber noch ein bisschen.

»Ich habe Ihnen gleich gesagt, Frau Sperling, dass die *Sissi* in ihrem Alter höchstens noch 2 bis 3 Junge werfen wird.«

»Das wusste ich ja, Doktor Theobald. Eigentlich sollte Sissi überhaupt keine Jungen mehr werfen. Doch als ich gemerkt habe, dass der Mischling unserer Nachbarn die Sissi gedeckt hat, da war es schon zu spät. Und noch dazu sind es jetzt keine reinrassigen Parson-Terrier. Da wird es schwer mit der Vermittlung. Es ist okay, dass es nur 2 sind.«

Aaaauuuaaa! Da schob mich was – STOP HAAAA-ALT. Ich konnte mich nicht festhalten. Hilfe, ich rutschte. STOOOOOP! Hör auf zu drücken, du irgendwas!!!! Meine Augen – irgendetwas Helles stach mir in die Augen. Mein Kopf tat weh. Wo war das … poch … poch … poch? Was passierte hier? Augen zu! Jetzt war es besser. Stach keiner mehr in meine Augen – aua. Stille! Meine Hülle fühlte sich anders an. Aber gut. Sie kitzelte ein bisschen. Und da war ja auch der Po, der mich immer weggedrückt hatte, wieder. Komisch, hier konnte ich weiter rutschen. Wo war der Rand?

»Nanu …«, hörte ich, »da ist ja noch ein Nachkömmling. Sehen Sie nur, Frau Sperling, die Sissi hat noch einen Welpen geworfen, während wir in der Küche waren.«

»Nanu, so was! Das ist wohl das schönste Hundebaby, das ich je gesehen habe.«

Jetzt wusste ich: Ich war Nanu und ein Hundebaby. Rackerrüde und Nummer 2 waren meine Geschwister und Sissi war meine Hülle. (Später habe ich natürlich herausgefunden, dass meine Hülle meine Mama ist.)

Die ganze Sache war sehr aufregend für meine Geschwister und mich. Aufregend und sehr anstrengend. Wir kuschelten uns aneinander, wie wir es vorher gewohnt waren, eng und fast übereinanderliegend. Es war immer noch sehr hell und ich beschloss, meine Augen vorerst mal geschlossen zu halten. Während die »Hülle« uns drei nacheinander mit einem weichen, feuchten, roten, wohltuenden »weiß nicht was« über die Körper strich, schlief ich tief und fest.

»Grummel ... grummel ... grummel ...« Ich wachte auf. Was war das? Woher kam das? »Grummel ... grummel«, wer machte diese neuen Geräusche? Ich versuchte meine kleinen Ohren ganz groß zu machen. Die Augen ließ ich besser noch zu. Wie sollte ich so viele neue Dinge verstehen? Das »Grummel, grummel« kam aus mir. Aus meinem Bauch. Was konnte ich jetzt machen, dass das wieder aufhörte? Luft anhalten? Ich probierte es aus. Nein – nützte nichts. Es war noch da. Also, weiter atmen. Oh nein, jetzt kamen beim Weiteratmen auch noch ulkige, fiepsige Geräusche aus meinem Mund. Und wo waren Nummer 2 und Rackerrüde?

»Och, schau mal, Ylvie, die Kleine findet die Zitzen nicht.«

Dieses Geräusch, das sich als die Stimme von Frau Sperling herausstellte, kannte ich schon. Davor hatte ich keine Angst mehr. Immerhin hatte diese Stimme mir erklärt, was und wer ich war.

»Darf ich sie anlegen, Mama? Ich bin auch ganz vorsichtig«, fragte Ylvie.

»Du weißt, du musst äußerst behutsam sein. Wir wollen die Welpen nicht verängstigen. Das ist mir sehr wichtig. Sie sollen von Anfang an Vertrauen zu uns haben. Fasse sie vorsichtig an, drücke sie nicht zu doll, greife sie sanft unter dem Bauch. Sie ist so klein, dass du am besten die Zitze hinter Sissis Vorderbein wählst, dann ist sie durch das Bein etwas gestützt.«

Zwei kleine, warme Hände legten sich um meinen Körper. Wieso denn ich? Das war ein Irrtum! Ich war nicht »*die Kleine*« – ich war Nanu! »Die Kleine« musste woanders sein!!! Doch es half auch kein lauteres, ulkiges Geräusch von mir – die Hände nahmen mich!

Augen schön zu lassen, dachte ich. Denk an das Helle, das dir immer in die Augen sticht. Voller Spannung wartete ich, was passieren würde in diesen kleinen Händen, die auch mein »Grummel, grummel« und meine fiepsigen Geräusche nicht zum Schweigen bringen konnten.

»So, meine Kleine, jetzt lege ich dich bei deiner Mama an, dann kannst du dich schön satt trinken.«

Die kleinen Hände legten mich »*bei deiner Mama*« an. An eine wundervolle, kuschelige Stelle, an der ich mich sofort sehr wohl fühlte. Es roch herrlich nach – ja nach – egal – es roch einfach herrlich. Diesen Geruch werde ich mein Leben lang nicht vergessen. Die kleinen Hände legten mich mit dem Gesicht an etwas, das mindestens genauso gut roch. Ich weiß nicht wieso, aber ich musste es unbedingt in den Mund nehmen. Ich rutschte ein klein wenig nach hinten ab – aber das

Ding loslassen!? Kam nicht in Frage! Das war eine super Entscheidung, denn plötzlich kam durch mein Ziehen eine köstliche, angenehm warme Flüssigkeit, von der ich nicht genug kriegen konnte. Und das Beste daran – sie vertrieb mein »Grummel«.

Doch was war das? – Ich kannte es! – Ich wusste, dass ich es kannte! Mein kleines Herz machte plötzlich Luftsprünge. Ich war so glücklich!! Ich kannte es, ich kannte es!!! Ich lag hinter dem Vorderbein von *»bei deiner Mama«*, das warme, leckere Etwas am trinken und hörte es: »Poch … Poch … Poch … Poch …!«

Die ersten Geräusche, die ich damals hörte, kamen von *»bei deiner Mama«*, die so gut roch, bei der es so gemütlich war und die Rackerrüde und Nummer 2, die neben mir lagen und sich satt tranken, und mich auf die Welt gebracht hatte.

Etwas später, ich wusste nicht genau wann, beschloss ich, meine Angst vor dem »hellen Etwas«, das mir in die Augen stach, zu besiegen. Vorsichtig versuchte ich, ganz langsam meine Lider anzuheben und wartete darauf, dass ich sie gleich wieder schließen musste. Nein, das »helle Etwas« war zwar noch da, tat mir aber in keinster Weise in meinen Augen weh. Ich war sehr stolz auf mich, dass ich es mich getraut hatte und ich wurde auch belohnt. Ich sah plötzlich lauter tolle Dinge. Als erstes sah ich meine Mama. Ich lag ganz dicht neben ihr. »Das ist sie also«, dachte ich. Meine Mama. Sie roch nicht nur sehr gut, sondern sie war auch wunderschön. Sie sah mich liebevoll mit ihren dunkelbraunen Augen an. Ihr Fell war weiß und von vorher wusste ich ja schon, dass es sehr, sehr weich war. Sie beschnüffelte mich mit ihrer schwarzen Nase und die kleinen Härchen, die etwas länger waren, kitzelten mich. An der Schwanzspitze hatte sie eine braune Farbe und an einer Seite, und das sah echt lustig aus, hatte sie einen riesengroßen, braunen Punkt.

Neben mir lagen Nummer 2 und Rackerrüde. Schon wieder ein Problem für mich. Wer war jetzt wer? Ich wusste ja nur, dass Rackerrüde der Erste war. Aber wer von den zweien war denn jetzt zuerst auf die Welt gekommen, und wer hatte mich immer am Po gestupst? Wer, wusste ich ja. Das war Nummer 2. Nur welcher von beiden war Nummer 2?

Ich stellte fest, dass dies für mich unlösbar blieb, und so beschloss ich für mich selbst: der dickere von den beiden ist der Rackerrüde. Als er nicht mehr da war, hatte ich viel, viel mehr Platz gehabt.

Der dickere, also Rackerrüde, hatte ein weißes und ein braunes Ohr. Beide Ohren hingen am Kopf herunter. Er hatte sich noch nicht getraut (… also ein Feigling), denn er hielt die Augen noch geschlossen (ich konnte ja nicht wissen, dass er nur schlief). Er war ungefähr so groß wie ich, glaube ich, denn wir passten immer nebeneinander an unsere »Milchtankstelle« (so nannte ich die Zitzen von unserer Mama).

Nummer 2 sah ganz anders aus. Seine Nase war viel länger, als die von Rackerrüde und seine beiden Ohren hingen auch nicht herunter, sondern standen wie kleine Zelte vom Kopf ab. Sein Fell war ganz schwarz. Nur auf der Stirn hatte er einen klitzeklitzekleinen weißen Fleck. Aber er war mutig! Er hatte die fast schwarzen Augen offen!!!!

Durch meine Heldentat, die Augen zu öffnen, lernte ich jetzt alle kennen. Frau Sperling, eine große, schlanke Frau mit liebevoll warmen Augen. Sie hatte blonde Haare, die sehr lang waren. Meistens trug sie eine Schürze, in der sich oft etwas für Mama versteckte, denn manchmal streichelte sie ihr über den Kopf und sagte: »Gutes, altes Mädchen«, griff in ihre Schürze und nahm etwas heraus, gab es Mama, und Mama freute sich jedes Mal darüber.

Frau Sperling war sehr lieb zu uns. Immer wenn unser Bett nass war (wir durften ja noch in unseren Welpenstall Pipi machen), wechselte sie das Papier, welches unter uns lag und so hatten wir es immer schön trocken.

Ylvie sah lustig aus. Sie hatte lauter kleine, braune Punkte im Gesicht und rote Haare, die Frau Sperling ihr immer zu einem kleinen Schwänzchen kämmte, so wie wir eins hatten.

Jeden Morgen bekam sie einen Kasten auf den Rücken und musste aus dem Haus gehen. Mittags kam sie dann gut gelaunt mit dem Kasten wieder heim. Ylvie war immer gut gelaunt. Sie spielte oft mit uns, bis wir müde waren.

Und dann noch Herr Sperling. Er hatte riesengroße Hände. In eine Hand von ihm passte ich ganz hinein. Er hatte kurze, schwarze Haare und zwei Gläser auf der Nase. Aber er beeindruckte mich am meisten. Er war der einzige, der wusste, wie ich heiße. Schade nur, dass Herr Sperling einen Sprachfehler hatte. Jeden Abend, wenn er nach Hause kam, nahm er mich in seine große Hand und sagte: »*Na du …*«

***

»So, heute ist ein großer Tag für euch«, hörten wir Frau Sperling sagen, »heute dürft ihr das erste Mal in den Garten.«

»Ich nehm das Mädchen, Mama, bitte. Ich bin auch vorsichtig, ganz vorsichtig«, rief Ylvie, die heute gar nicht mit ihrem Kasten unterwegs war.

Frau Sperling stimmte zu und Ylvie nahm mich hoch. Wieder etwas gelernt, ich war also ein Hundemädchen. Ylvies Mama nahm Rackerrüde und Nummer 2 gemeinsam auf den Arm, rief nach unserer Mama und sie gingen mit uns in den Garten.

»Nun, Sissi, jetzt tobe dich mal richtig aus. Jetzt hast du mal ein paar Minuten ohne deine Kinder«, forderte

Frau Sperling Mama auf. Die ließ sich das nicht zweimal sagen und raste über den grünen Teppich, der draußen auslag. Sie hüpfte und sprang, kreiste um Ylvie herum, lief von einer Seite zur anderen und fühlte sich richtig wohl.

Wir Kleinen wurden auch auf den Boden gesetzt. Es fühlte sich toll an. Das »Grün« roch sehr gut, war schön kühl und weich. Ich wollte auch so hüpfen und springen wie meine Mama, aber immer wenn ich wieder auf dem Boden aufkam, fiel ich um. Also beschloss ich, das Ganze etwas ruhiger angehen zu lassen und schnüffelte auf dem Boden. Da gab es so viele Gerüche. Der Teppich war gar kein Teppich, sondern er war fest mit dem Boden verbunden und hatte lauter kleine, grüne, breite Härchen. Sie kitzelten an meinem Bauch. Als ich mein erstes »Pipi« auf den Boden machte, lobte mich Frau Sperling ganz viel. Ich verstand das nicht, sonst hatte sie mich nie gelobt. Ich hatte das doch schon tausendmal gemacht. Nur nicht hier im Garten. Auch meine Geschwister bekamen großes Lob. Komisch, das sollte mal jemand verstehen. Zu diesem Zeitpunkt wusste ich noch nicht, dass dies die ersten Schritte zur Stubenreinheit waren.

Von da an wurden wir drei bis vier Mal am Tag in den Garten gebracht und lernten schnell – im Haus sollten keine Pfützen oder Häufchen mehr von uns hinterlassen werden. In dieser Lernphase stellte ich fest, dass Rackerrüde und Nummer 2 echte Angeber waren. Wenn sie ihr Geschäft erledigten, versuchten sie das immer auf 3 Beinen. Ein Hinterbein probierten sie ständig anzuheben, was ihnen nur selten gelang. Sie fielen dann um wie kleine, nasse Säcke und ich fand das total witzig. Für mich kam so eine Zirkusnummer nicht in Frage. Ich blieb lieber mit allen vier Pfoten auf dem Boden und knickte nur beide Hinterbeine etwas ein. Ich betone: Beide Hinterbeine! Wegen des Gleichgewichts, das meine Brüder wohl nicht kannten. Zugegeben, sie haben es tatsächlich später geschafft.

***

Dr. Theobald kam öfter vorbei und schaute nach Mama und uns. Er sah uns in den Mund und hörte unsere Herzen ab. Heute kam er wieder einmal. Jedoch irgendetwas musste heute anders sein. Er hatte diesmal eine große Tasche dabei.

»Na, ihr drei Hübschen, mit wem fangen wir denn an?«

Wahrscheinlich wollte er die Antwort nicht von uns, sondern von Frau Sperling.

»Das spielt keine Rolle, Herr Doktor, sie müssen ja alle geimpft und gechipt werden«, antwortete sie.

Kaum hatte sie ausgesprochen, griff Dr. Theobald nach mir. »Also, meine Kleine, du bekommst jetzt von mir einen kleinen Chip unter die Haut mit einer Nummer. So wirst du nie verloren gehen und einen kleinen

Pieks muss ich dir auch in den Po geben, damit du gegen Hundekrankheiten geimpft bist.«

Was sollte ich tun? Ich war ihm ja ausgeliefert. Mit einem Gerät fühlte er eine Stelle an meinem Fell ab und dann spürte ich einen leichten Druck dort. »So, schon passiert. Der Chip ist unter der Haut. Jetzt noch die Impfspritze.« Okay! Ich bin ja kein Weichei – aber hey – das war nicht nett!! Die hat ja richtig gepiekst! Na ja, vielleicht bin ich ein klitzekleines Weichei, denn gepiekst hat es nur ganz kurz und dann war es ja auch schon vorbei.

»Tapferes Mädchen, mal sehen ob deine Brüder auch so tapfer sind«, lobte mich Dr. Theobald.

Nö – waren sie nicht. Zumindest Rackerrüde nicht. Bei der Impfspritze jaulte er. Aber ich wusste ja, dass er ein Feigling ist – einer, der sich so lange nicht traut, die Augen zu öffnen.

Nummer 2 nahm es gelassen hin. Er war sowieso sehr mutig. Im Garten hatte er vor überhaupt nichts Angst. Er ging überall zum Schnuppern hin und er passte sehr gut auf. Es gelang mir nie, ihn mal von hinten zu erschrecken. Er hatte seine Augen immer überall. Nummer 2 war sehr, sehr wachsam. Ihm entging einfach nichts.

Rackerrüde liebte es eher gemütlich. Seine Lieblingsbeschäftigungen waren schlafen und dafür zu sorgen, dass er satt war. Im Garten legte er sich oft in die Sonne ins Gras und beobachtete Nummer 2 und mich beim Spielen.

Ich mochte meine Geschwister sehr und war froh, dass ich sie hatte und wir zusammen waren.

Leider sollte das aber nicht so bleiben.

***

»Warum müssen die Welpen denn jetzt schon weg? Können wir sie nicht noch ein bisschen behalten?«, fragend schaute Ylvie ihre Mutter an.

»Ylvie, die Welpen sind jetzt 11 Wochen alt. Es wird Zeit, dass sie ein neues Zuhause bekommen. Jetzt ist die beste Zeit für die Hunde mit dem Gehorsam anzufangen. Und Sissi braucht wieder ihre Ruhe. Du brauchst dir keinerlei Sorgen zu machen. Der schwarze Rüde kommt zu Bleibtreus auf den Hof. Du kennst den Hof. Du weißt, dass Bleibtreus ganz liebe Bauern sind. Und glaub mir, es gibt fast kein schöneres Leben für einen Hund, als ein Leben auf dem Bauernhof. Den ganzen Tag kann er herumlaufen. Frau Bleibtreu hat mir auch versichert, dass sie absolut gegen Anleinen auf dem Hof sind und dass der Rüde selbstverständlich im Haus schlafen wird. Außerdem könntest du ihn jederzeit besuchen kommen. Wenn du das machst, wirst du sehen, wie gut es ihm geht.«

»Und der andere Rüde?«, wollte Ylvie wissen. »Den nimmt Herr Trojandt, du weißt, der Kollege von Papa. Er ist sehr oft auf Geschäftsreise und seine Frau ist dann immer alleine. Sie wollte schon immer einen Hund und er will sie damit überraschen. Sie haben einen riesengroßen Garten und Herr Trojandt hat mir erzählt, dass seine Frau den Kleinen wahrscheinlich wie ein Kind verhätscheln wird. Und du kennst unseren kleinen Dicken, das ist ihm gerade recht. Außerdem kann Papa auch hier ein Auge darauf haben, ob es ihm wirklich gut geht, da er ja öfters bei Trojandts geschäftlich vorbeifahren muss. Du siehst also, dass wir die Welpen nicht an irgendjemand abgeben, sondern wir suchen die neuen Besitzer schon sehr sorgfältig aus. Unsere Welpen werden nicht irgendwo unter dem Weihnachtsbaum sitzen, denn meistens sind diese armen Dinger nur kurz für die Kinder interessant und dann werden sie vernachlässigt.«

»Das finde ich auch echt toll, dass ihr euch so viel Mühe gebt«, lobte Ylvie ihre Mutter, »aber was ist mit dem Weibchen?«

»Da wollen nächste Woche die Rupps vorbeikommen. Das sind die Besitzer des Lebensmittelgeschäftes im Nachbarort. Sie suchen für ihren Max, einen Labradorrüden, einen Zweithund. Max ist schon sehr alt und hört fast nichts mehr. Wenn sie noch einen Hund hätten, wäre es für ihren Hundeopa einfacher. Hunde schauen sich sehr viel voneinander ab und so könnte er, selbst wenn er taub werden würde, die Kommandos von der Hündin abschauen. Da sich zwei Rüden nicht sehr gut vertragen, haben sie nach dem Weibchen gefragt. Unser Weibchen ist jetzt schon sehr geduldig und sie lernt schnell. So könnten Rupps Max helfen und die Kleine hätte ein schönes Zuhause, auch mit einem großen Garten. Bist du jetzt endlich zufrieden?«

»Klar, Mama, das hört sich alles echt gut an. Alle drei Welpen kommen nicht weit weg und ich kann sie jederzeit besuchen. Ich bin ja auch schon so aufgeregt wegen morgen.« Ylvie machte drei Sprünge in die Luft und klatschte dabei in die Hände. »Morgen ist endlich Sven Dreschers Geburtstagsparty!«

»Dieser Sven Drescher, der spukt dir ja ganz schön im Kopf herum. Wie alt wird er denn?«, wollte Frau Sperling wissen.

»Er ist zwei Jahre älter als ich, also wird er 14. Er ist schon supersüß. Ich habe mich so gefreut, als er mir auf dem Schulhof eine Einladungskarte gegeben hat. Die anderen Mädels waren richtig neidisch auf mich. Er ist doch der Schwarm der halben Schule. Und mich – Ylvie Sperling – hat er eingeladen.«

»Jaja, jetzt bringt Ylvie Sperling erst einmal die Welpen in den Garten. Die beiden Rüden werden morgen abgeholt, dann kannst du dich jetzt noch ein bisschen mit ihnen amüsieren und dich von ihnen verabschieden«, forderte die Mutter sie auf.

Am nächsten Tag wurden Nummer 2 und Rackerrüde von ihren neuen Besitzern abgeholt und ich brachte meine Traurigkeit darüber lautstark zum Ausdruck. Ich jaulte so erbärmlich, dass Frau Sperling zu mir kam und mich auf den Arm nahm. Sie beruhigte mich und gab mir zu verstehen, dass beiden Brüdern nichts passieren würde und dass sie ein schönes Leben haben würden.

Sie sollte recht behalten, denn in den folgenden Jahren wurde aus Nummer 2 Mambo, ein wachsamer Bauernhofhund. Er fand größten Spaß daran, die Hühner zu jagen und die Hofkatzen beim Mäusefang zu stören, um sich dann mit ihnen eine Verfolgungsjagd zu liefern. Besuch kündigte er mit einem eindrucksvollen Gebell an. Abends durfte er sich dann in seinem gemütlichen Körbchen am Kamin der Bleibtreus für den neuen Tag ausschlafen. Er würde seine neuen Besitzer sehr gerne haben und nicht mehr an sein altes Zuhause denken.

Ebenso wie Rackerrüde. Er würde bei den Trojandts ein königliches Hundeleben leben. Man könnte sagen, er hatte die Gabe sein Frauchen vollständig um den Finger zu wickeln. Er würde auf dem Sofa schlafen dürfen und sein Fressnapf hätte immer etwas zu bieten. Frau Trojandt würde ihm regelmäßig das Fell bürsten, was er wie eine super »Rückenkratzmassage« genießen würde. Vielleicht war das der Grund, warum seine neuen Besitzer ihn »Viktor« nannten. Übersetzt heißt das »Sieger« und Rackerrüde hatte für sich das

Siegerlos gezogen. Auch er würde nicht mehr an sein altes Zuhause denken.

Beide hätten kein Heimweh mehr, weil es ihnen so gut ging. Und das können nicht alle Hunde von sich behaupten. Auf der Welt gibt es auch sehr viele schlechte Menschen. Sie behandeln ihre Hunde, als wären wir keine Lebewesen. Als würden wir keinen Schmerz empfinden, als könnten wir nicht traurig sein und zu guter Letzt, als wollten wir nicht geliebt werden.

Aber Gott sei Dank ging es uns dreien und Mama ja nicht so. Obwohl ich ja noch gar nicht wusste, was mit mir passieren würde. Ich war jetzt alleine mit Mama. Die wollte auch nicht mehr so viel mit mir schmusen wie vorher. Wenn ich sie nervte, dann bekam ich auch mal eine Rüge von ihr, indem sie mich etwas unsanfter wegstupste. Ja, ich verstand sie ja, sie war halt nicht mehr so jung wie meine Brüder. Aber ich wusste, dass sie mich lieb hatte. Nichtsahnend, dass sich mein Schicksal in Kürze bestimmen würde, beschloss ich, aus Langeweile etwas zu schlafen.

Ring … ring … ring …

»Ja!? Sperling«, hörte ich, noch halb schlafend.

»Was? Oh nein! Welches Krankenhaus? Ich komme sofort.«

Ich hatte keine Ahnung, was passiert war. Ich sah nur, dass Frau Sperling hastig in der Küche herumlief und etwas suchte. So kannte ich sie überhaupt nicht. Sie war immer sehr ruhig und nie hektisch. Ich beschloss, mich erst einmal ganz ruhig zu verhalten und blinzelte durch kleine Augenschlitze, denn ich wollte ja die Schlafende spielen. Aber verpassen wollte ich natürlich auch nichts.

»Der Schlüssel … verdammt –, wo ist der Schlüssel?« Dann fand Frau Sperling ihn auf dem Küchenschrank und ohne sich noch einmal umzudrehen lief sie aus dem Haus. Vollkommen ungewöhnlich. Sonst kam sie immer zu uns, erzählte uns: »Ich geh einkaufen, bin gleich wieder da«, oder »ich fahre Ylvie zum Reiten – bin gleich wieder da« usw. Und heute – nix ich bin gleich wieder da?! Geschweige denn: »Ich gehe da oder dort hin.« Einfach raus und weg war sie?! Ich bekam ein ganz komisches Gefühl und kuschelte mich an Mama, die dies auch ohne Rüffel zuließ. Hoffentlich kam Frau Sperling wieder zurück, sonst wären wir ganz alleine hier.

***

Es war bereits stockdunkel in der Küche, als ich das Türschloss (nach endloser, quälender Warterei) endlich hörte.

Herr und Frau Sperling kamen herein und schalteten das Licht an. Ich freute mich riesig und lief auf sie zu.

Doch die gewohnte freundliche Begrüßung der beiden blieb aus. Sie sahen mich kaum. Herr Sperling strich mir zwar über den Kopf, aber er nannte meinen üblichen Sprachfehlernamen »Na du« nicht. Und wo war Ylvie? Sonst war sie immer zu Hause, wenn es dunkel war. Die beiden setzten sich an den Küchentisch und da sah ich, dass Frau Sperling weinte.

»Christel, bitte, hör auf zu weinen«, sagte Herr Sperling. »Wir müssen jetzt sehr stark sein. Wir müssen versuchen, einen klaren Kopf zu behalten. Wie ist das eigentlich jetzt im Einzelnen passiert?«

Frau Sperling erzählte mit tränenerstickter Stimme: »Herr Drescher hat Würstchen gegrillt zum Abendessen für die Kinder. Das Feuer ging nicht richtig an und da hat er …«, sie fing fürchterlich an zu weinen und konnte einen Moment nicht weitersprechen, »dann hat er, kaum zu glauben, ein erwachsener Mann, er hat Öl über das Feuer gegossen. Es gab eine große Stichflamme und Ylvie stand direkt daneben. Die Flamme traf ihr Gesicht. Die Ärzte sagen, das Gesicht können sie mit einer Hauttransplantation wieder herstellen, die Haare wachsen auch wieder, aber …«, und wieder wurde sie von einem Weinkrampf geschüttelt, »sie wird fast blind bleiben.« Herr Sperling stand auf, nahm seine Frau in den Arm und beide weinten.

Herr Sperling ließ Mama und mich noch in den Garten und dann gingen beide ins Bett.

Aus dem Schlafzimmer konnte ich Frau Sperling noch lange weinen hören, bis ich endlich einschlief.

***

Einige Tage später saßen Herr und Frau Sperling beim Frühstück, bevor sie zu Ylvie ins Krankenhaus fuhren.

»Ich habe mir etwas überlegt, Christel«, begann Herr Sperling. »Ich glaube, ich habe eine gute Idee. Im Nachbarort gibt es doch diese Hundeschule für Blindenführhunde. Du weißt doch, wir waren beide immer ganz begeistert, was diese Hunde alles lernen.«

Frau Sperling nickte. Sie sprach überhaupt in der letzten Zeit sehr wenig. Wahrscheinlich war der Kummer über das, was Ylvie passiert war, zu groß.

»Also, meine Idee ist, ich fahre morgen mit der kleinen Hündin dorthin. Ich lasse sie testen, ob sie für diese Ausbildung geeignet ist. Wenn das der Fall ist, lassen wir die Kleine ausbilden. Ylvie liebt sie sowieso und sie könnte ihr dann bei den täglichen Dingen, die jetzt durch ihre schlechte Sicht für sie nicht mehr selbstverständlich sind, sehr hilfreich sein. Ich weiß, es ist teuer, aber das kriegen wir schon hin. Wir werden die Hündin dann behalten und nicht abgeben.«

Zum ersten Mal seit Tagen sah ich Frau Sperling ein wenig lächeln. »Das ist eine tolle Idee, Horst.«

Ich hatte ja überhaupt keine Ahnung, dass jetzt sehr viel von mir abhing. Dass Familie Sperling großes Vertrauen in meine Leistungsfähigkeit hatte und dass sie auf mich zählte.

Die Zukunft zeigte, dass ich sie nicht enttäuschen würde.

***

Am nächsten Morgen war es dann soweit. Nachdem Herr Sperling gefrühstückt hatte, kam er zu mir, nahm mich auf den Arm und sagte: »Mein gutes Mädchen, heute ist ein wichtiger Tag. Wenn die Ausbilder mit dir zufrieden sind, wirst du ein ganz besonderer Hund werden. Du wirst sehr viel lernen und dann kannst du später die Augen von Ylvie werden. Unsere arme kleine Ylvie. Sie muss noch lange im Krankenhaus bleiben.« Er ging mit mir in die Garage und setzte mich in den Wagen. Zwischen meinem Platz und dem Fahrerraum war ein Gitter. Wahrscheinlich, damit ich ihm während der Fahrt nicht auf den Schoß springen konnte. Ich war noch nie in einem Auto gefahren und war etwas ängstlich, also blieb ich stehen, um jederzeit die Flucht ergreifen zu können. Herr Sperling startete den Wagen und wir fuhren los. Es schaukelte hin und her, mal blieb er stehen – dann fuhr er wieder – einmal fuhr er schneller, einmal langsamer, und in den Kurven hatte ich Mühe, das Gleichgewicht zu halten. Mir wurde ganz übel und mein Magen wusste nicht genau, ob er das Fressen von heute morgen behalten oder ob er es lieber im Wagen verteilen sollte. Kurz bevor die Entscheidung auf den Wagen fiel, waren wir am Ziel. Uff, das war knapp. Herr Sperling, nichtsahnend, dass er gerade von einem riesigen Haufen Hundefressen in seinem Auto verschont geblieben war, öffnete die Tür und ich sprang so schnell ich konnte aus dieser »Schiffschaukel« hinaus. Endlich wieder festen Boden unter den Pfoten. Ich schüttelte mich ein paar Mal, zwang meinen Mageninhalt wieder an seinen Platz und schon war ich wieder die alte. »Na du, wie war die erste Autofahrt?«, fragte Herr Sperling. Der Sprachfehler – immer wieder der Sprachfehler. Wenn ich nur mit ihm sprechen könnte und ihm erklären, dass ich »*Na du*« zwar auch recht lustig fand, aber ich war nun mal »*Nanu*«. Ich mochte ihn trotzdem sehr, trotz seines Sprachfehlers.

Wir waren auf einem großen, umzäunten Gelände angekommen und gingen zum Eingangstor. Herr Sperling musste klingeln, da das Tor abgeschlossen war. Ein etwas älterer Herr öffnete uns. Er war nicht sehr groß und hatte blonde kurze Haare. Aber seine Augen waren sehr freundlich und er lächelte. Er trug ein T-Shirt mit einer ärmellosen Jacke, die unglaublich viele Taschen hatte. In dieser Jacke, so würde ich später herausfinden, verbarg sich Ähnliches wie in der Schürze von Frau Sperling.

»Guten Tag, Sie sind Herr Sperling? Ich habe Sie schon erwartet. Mein Name ist Edgar und ich bin der Leiter dieser Blindenführhundeschule. Aber alle nennen mich hier nur Eddi. So, und das hier möchte unsere neue Schülerin werden?« Er beugte sich zu mir hinunter und strich mir über den Kopf. »Dann wollen wir mal sehen. Es wäre mir lieber, Herr Sperling, wenn ich die Hündin alleine testen könnte. Wenn die Besitzer dabei sind, sind sie oft abgelenkt und dann bekommt man ein falsches Bild von ihren tatsächlichen Fähigkeiten.«

»Kein Problem, wann kann ich sie wieder abholen?«

»Ich denke, so in einer ¾ Stunde sind wir fertig.«

Herr Sperling verließ das Gelände nicht, bevor er sich von mir verabschiedet und mir viel Glück gewünscht hatte, und ich war mit dem Ausbilder alleine. Wir gingen über das Gelände, welches aussah wie ein Kinder-Verkehrs-Übungsplatz. Da waren kleine Straßen, Ampeln, Zebrastreifen und viele andere Dinge. Ich wusste überhaupt nicht, was ich hier sollte, aber ich ging folgsam mit. Eddi führte mich in ein Holzhaus, in dem ein Büro eingerichtet war und ein Untersuchungsraum.

»Jetzt werden wir erst einmal untersuchen, wie gesund du bist. Unsere Tierärztin Eva muss gleich kommen. Ah, da kommt sie ja. Guten Morgen, Eva«, sagte mein zukünftiger Lehrer.

»Guten Morgen, Eddi. Na, wen haben wir denn hier?«

Einen Moment dachte ich tatsächlich, sie würde meinen Namen aussprechen, aber der schien für Menschen echt schwierig zu sein. Man musste doch nur an das »*Na*« ein »*Nu*« anhängen. War das denn so schwer? Ich konnte über die Antwort nicht lange nachdenken, da hatte Eva mich schon auf eine Behandlungsliege gehoben. Sie untersuchte meine Augen und leuchtete in sie hinein. In meine Ohren steckte sie eine komische, spitze Taschenlampe und ich musste ihr meine Zähne zeigen. Danach fühlte sie mich überall ab und hielt mir ein kaltes Etwas an mein Herz, das mit zwei Schläuchen mit ihren Ohren verbunden war. Konnte sie jetzt in mich rein hören? Hörte sie jetzt, dass ich sehr aufgeregt war? Hörte sie jetzt, dass ich Hunger hatte? Was hörte sie? Und warum wollte sie das wissen? Ich blieb ganz ruhig stehen und ließ sie einfach weitermachen, denn sie behandelte mich sehr liebevoll und beruhigte mich immer, wenn ich vor Aufregung anfing zu zappeln. Es passierte tatsächlich nichts. Anscheinend wollte sie mich nur ganz genau untersuchen.

»Wir sind fertig, Eddi. Die Kleine ist kerngesund. Daran dürfte die Ausbildung nicht scheitern. Die Schulterhöhe von mindestens 50 cm wird sie auch sicher erreichen. Ebenso hat sie sich bei der Untersuchung, den aufregenden Umständen entsprechend, sehr gelassen und ruhig verhalten.«

»Prima, dann können wir diesen Teil der Tauglichkeitsprüfung als *bestanden* ankreuzen. Danke, Eva. In

20 Minuten kommt noch ein Prüfling. Könntest du noch so lange hier bleiben, dann könnten wir beide Untersuchungen heute abschließen.«

»Kein Problem, ich habe noch Zeit bis um Eins. Dann kommen die Kinder aus der Schule und ich wäre gerne zuhause«, stimmte Eva zu.

Eddi ging aus dem Zimmer und ich blieb noch bei Eva im Behandlungsraum, in dem ich jetzt alles beschnuppern und rumlaufen durfte. In einer Ecke des Zimmers war noch ein Hund. Ich hatte ihn vorher gar nicht bemerkt. Ich blieb stehen und wollte mich erst einmal vorsichtig rantasten. Um ihm zu zeigen, dass ich ein freundlicher Hund bin, wackelte ich mit meinem Schwanz. Er fing gleichzeitig mit mir an mit seinem Schwanz zu wackeln. Also – schon einmal auch ein Freundlicher. Ich traute mich einen Schritt vorzugehen. Der andere ging doch tatsächlich auch im selben Moment einen Schritt vor. »Nachmacher«, dachte ich mir, »trau dich doch mal zuerst etwas.« Doch egal, wie ich mich bewegte – immer machte er dasselbe und immer gleichzeitig mit mir. Ich versuchte, seinen Geruch zu erschnüffeln, aber der roch ja nach gar nichts. Ich fing langsam an, mich über diesen einfallslosen Nachäffer zu ärgern, als ich Eva hörte: »Tja, Kleine, du hast dich ja anscheinend noch nie im Spiegel gesehen«, sprach sie mich lachend an. »Das bist du selbst, was du da siehst. Hier, sieh, wenn ich den Spiegel wegdrehe, ist auch der Hund weg. Stelle ich ihn wieder hin, bist du wieder da.«

Ich war vollkommen verdutzt. Der einfallslose Nachäffer war ich. Ich konnte mich das erste Mal selbst sehen. Ich fing an, mich ganz genau zu mustern. Ich sah ganz anders aus als Nummer 2 und Rackerrüde. Um nicht zu sagen, ich sah besser aus, aber ich war ja auch ein Weibchen. Ich sah meiner Mama ähnlich. Nur umgekehrt. Mama hatte weißes, kurzes Fell und ich hellbraunes, längeres. Jetzt nicht wirklich so viel länger, aber so, dass meine Haare sich etwas kräuselten. Eine Vorderpfote und eine Hinterpfote waren weiß. Das sah aus, als ob ich an zwei Pfoten Stiefel anhätte, wie Ylvie, wenn es regnete. Meine Ohren sahen aus, wie die Ohren von Nummer 2. Kleine Zelte. Nur meine Zeltspitzen waren umgekippt und hingen herunter. An einer Spitze war weißes Fell gewachsen. Meine Nase, die so gut alles erschnüffeln konnte, war eigentlich recht klein und schwarz und um sie herum hatte ich etwas längere, gerade Barthaare. Für Mädchen zwar nicht der Renner, aber Mama hatte sie auch.

Alles in allem konnte ich meinen persönlichen Schönheitstest mit »*bestanden*« ankreuzen. Ich war zufrieden mit meinem Aussehen.

»Weiter geht's.« Die Tür öffnete sich und Eddi kam wieder herein. »Komm, Mädchen, es geht nach draußen«, forderte er mich auf und klopfte dabei auf seinen Oberschenkel. Ich lief folgsam zu ihm und wir gingen aus dem Büro. Er hatte einen kleinen Ball in der Hand, warf ihn weg und befahl mir, ihn zu holen. Nichts leichter als das. Das hatte ich ja schon 100 Mal mit Ylvie gespielt. Ich rannte los und holte den Ball zwischen meine Zähne und brachte ihn stolz zurück.

»Prima machst du das«, wurde ich von ihm gelobt. »Das nächste, was wir testen, ist, wie intelligent du bist. Du bleibst schön hier«, er band mich an einen Haltering und ließ mich wieder an dem Ball schnuppern. Danach verschwand er, mit meinem Ball, um die Ecke, so dass ich ihn nicht mehr sehen konnte. Das war unfair, alleine spielen gibt es nicht. Wo ging der mit meinem Ball hin? Kaum war er weg, war er auch schon wieder zurück. Meinen Ball hatte er wohl vergessen? Er band mich wieder los und sagte: »Such mal das Bällchen.«

Ja, super, er verstruddelt es und ich soll es jetzt wiederfinden. Gut, dass ich aufgepasst hatte, wo er hingegangen war. Das konnte dann nicht so schwer sein, es aufzuspüren. Eddi war ja nicht lange weg gewesen. Ich lief um die Ecke und da sah ich es schon. Es lag einfach da. Das sah doch jeder. Da hatte er sich aber nicht sonderlich beim Verstecken angestrengt. Ich schnappte mir den Ball, lief zurück und überlegte mir, ob ich der Aufforderung meines Lehrers nachkommen sollte, ihm den Ball wieder zu geben. Nachher verstruddelte er ihn wieder und ich konnte ihn wieder suchen gehen. Es war aber sein Spielzeug und deshalb gab ich ihn ihm wieder zurück. Eddi war begeistert von meiner Tat, griff in eine seiner vielen Jackentaschen und gab mir als Belohnung einen so leckeren Hundesnack, dass ich nichts mehr dagegen haben würde, wenn ich seine Spielsachen suchen musste. Voraussetzung: Belohnung – Hundesnack.

Es folgten noch einige Übungen. Unter anderem schoss er einmal mit einer Schreckschusspistole in die Luft und beobachtete mich. Es war ein wirklich lauter, unangenehmer Knall, wie ein lauter Donner bei Gewitter. Rackerrüde war dann immer unter das Sofa von Sperlings gekrochen, doch Nummer 2 und ich, wir hatten keine Angst. Und deshalb hatte ich auch keine Angst vor dem Schuss und blieb brav neben meinem Lehrer sitzen.

»Du bist einmalig. In dem Alter schon so nervenstark. Intelligent bist du auch und gesund obendrein. Ich denke, wir können es mit dir versuchen.« Eddi hätschelte mich ganz viel und nahm aus der »Hundesnackbar« eine weitere, leckere Belohnung.

Ich war total erledigt und sehr müde. Umso mehr freute ich mich, als Herr Sperling über den Platz kam. Ich lief ihm entgegen und er begrüßte mich überschwänglich. »Na du, war es anstrengend?« SPRACHFEHLER!

Ja, es war anstrengend, dachte ich und wollte nur noch nach Hause. Jedoch die beiden Männer unterhielten sich noch.

»Herr Sperling, Ihre Hündin hat alle Tests bestanden, die nötig sind, um sie in unserer Schule auszubilden.

Ob sich dies bestätigt, wird die Ausbildung zeigen. Sie müssen wissen, der Hund hat ein anspruchsvolles Training vor sich und braucht einen großen Lernwillen und Ausdauer. Ob er diese Eigenschaften tatsächlich besitzt, zeigt sich erst nach einigen Wochen. Ich bin jedoch sehr zuversichtlich, dass sie das meistern wird.« Wieder beugte er sich zu mir runter und tätschelte mir den Kopf. Ich mochte ihn und freute mich sehr über seine Geste.

»Das ist ja wunderbar«, freute sich mein Herrchen, »meine Frau wird sich riesig freuen. Wann kann die Ausbildung denn beginnen?«

»Wenn es Ihnen recht ist, können wir morgen bereits anfangen. Ich bereite den Ausbildungsvertrag heute vor und Sie bringen mir Ihren Schützling morgen um neun Uhr vorbei. Sie wird den ganzen Tag über bis 15 Uhr hier bleiben, denn wir müssen bei den Hundeschülern auch viele große und kleine Pausen machen. Verpflegung für den Hund ist in dem Ausbildungspreis enthalten. Jeden zweiten Tag muss der Hund zur Ausbildung erscheinen. Der Tag frei zwischendurch ist nötig, damit sie den Spaß an dem Training nicht verliert.«

»Ich danke Ihnen vielmals. Herr ..., äh, Eddi. Ich bin so glücklich. Ich habe Ihnen ja von dem Unfall unserer kleinen Ylvie erzählt. Sie ist noch immer im Krankenhaus, da sie noch einige Operationen vor sich hat. Sie macht mir große Sorgen, denn lachen tut sie gar nicht mehr und sie war immer so ein heiteres Mädchen. Sie spricht kaum etwas und hat zu nichts mehr Lust. Sie sagt, ohne was zu sehen, könnte sie ja überhaupt nicht mehr raus. Wenn ich ihr jetzt von unserem Vorhaben erzählen kann, das ich vor ihr noch geheim gehalten habe, bevor der Test abgeschlossen ist, vielleicht zaubert ihr das ein Lächeln ins Gesicht.«

»Machen Sie sich keine Sorgen. Ich gehe davon aus, dass Ihre Hündin sehr schnell lernt. In unserer Fachsprache sagen wir, dass wir die Hunde zu Piloten ausbilden. Der Sehschwache oder Blinde ist der Navigator, also der, der die Befehle gibt und der Hund führt sie aus. Ihre kleine Ylvie muss nur die Sprache des Hundenavigators lernen, welche wir ihrer Hündin in der Ausbildung beibringen. Ich gebe Ihnen in den nächsten Tagen eine Liste der Befehle und was sie bedeuten. So kann Ihre Tochter mit Ihrer oder der Hilfe Ihrer Frau die Ausdrücke bereits lernen. Es sind ca. 76 Hörzeichen. Vielleicht muntert sie das ein wenig auf und sie hat eine neue Herausforderung.«

»Ich weiß nicht, wie ich Ihnen danken soll. Das ist eine sehr gute Idee. Wir sehen uns dann morgen, pünktlich um neun Uhr.« Die beiden gaben sich zum Abschied die Hand. Herr Sperling kniete sich neben mich auf den Boden. »Du bist die Beste. Jetzt wirst du auf jeden Fall bei uns bleiben. Dich bekommt niemand mehr. Dich geben wir nicht mehr her.« Er legte seinen Arm um mich und drückte mich. Zum Dank dafür leckte ich ihm das Gesicht ab. Er fand das jetzt nicht so toll wie ich und lachte: »Nicht durchs Gesicht schleckern, obwohl, heute darfst du das mal. Jetzt auf, ab ins Auto.«

Uuups, das hatte ich ja ganz vergessen. Wir gingen ja gar nicht zu Fuß! Wir fuhren ja mit diesem »Schaukelpferd«. Ehe ich mich versah, saß ich schon drin und los ging's. Fest entschlossen, nichts, aber auch gar nichts von meinen leckeren Hundesnacks von Eddi wieder herzugeben, um sie auf der Rückbank zu verteilen, legte ich mich hin. Zu meinem Erstaunen merkte ich, dass dies viel besser war, als zu stehen und dass das Autofahren gar nicht so schlimm war. Wenn ich ehrlich war, machte es mir sogar ein bisschen Spaß. Bereits auf der Rückfahrt schlief ich nach so viel Anstrengung und Aufregung ein.

Von diesem Tag an brachten mich Herr oder Frau Sperling, also von nun an mein Herrchen und mein Frauchen, zu Eddi. Ich war also, fast genauso wie mein Herrchen, auf der Arbeit.

***

Irgendetwas stimmte mit Mama nicht. Sie schlief immerzu, atmete laut und wollte überhaupt nicht mehr mit mir spielen. Ihr Fressnapf war mittags, wenn ich von der Hundeschule kam, immer noch fast ganz voll. Da ich nach der Schule auch immer sehr müde war, ging ich nicht in mein Körbchen, sondern legte mich zu ihr in das Körbchen. Ich kuschelte mich an sie und atmete ihren Geruch. Meistens öffnete sie dann kurz die Augen, schlief aber direkt wieder ein. Und ich auch.

Dr. Theobald war sehr oft bei uns und gab Mama Spritzen und Medikamente. Ich konnte allerdings keinen großen Erfolg erkennen.

Eines Morgens, kurz bevor ich wieder »zur Arbeit« gebracht werden sollte, kam Dr. Theobald und untersuchte Mama wieder einmal. Mein Herrchen und mein Frauchen standen daneben und ich lag in meinem Körbchen und behielt alles im Auge.

»Es ist Ihnen wahrscheinlich schon längst klar, Herr und Frau Sperling, dass wir die Sissi über die Regenbogenbrücke gehen lassen müssen«, sagte er mit ernster Stimme, die ich gar nicht von ihm kannte. Ich verstand das nicht. Einen Regenbogen hatte ich schon einmal gesehen. Ich war mit Ylvie vor ihrem Unfall im Garten. Die Sonne schien und dann gab es einen kleinen Regenschauer. Plötzlich rannte Ylvie wie verrückt durch den Garten und rief: »Ein Regenbogen, ein Regenbogen. Mama, komm schnell, ein großer Regenbogen«, und dann zeigte sie immerzu an den Himmel. Da sah ich ihn. Schillernd bunt und wirklich schön. Aber wie sollte Mama über diese Regenbogenbrücke gehen? So ein Quatsch. Der war doch im Himmel, dieser Regenbogen. Verstehe einer die Erwachsenen.

Mein Herrchen und mein Frauchen schauten so ähnlich aus wie damals, als Ylvie den Unfall hatte. »Ja, Dr. Theobald, eigentlich wissen wir das schon seit ein paar Tagen. Aber man denkt ja immer, es würde sich vielleicht doch bessern«, sagte mein Herrchen und nahm seine Frau in den Arm, der lautlos die Tränen über das Gesicht liefen.

»Glauben Sie mir, sie leidet jetzt nur noch. Ich mag die Sissi auch sehr gerne und mache diesen Vorschlag sicherlich nicht, wenn ich nicht der Überzeugung wäre, dass es für sie besser ist«, erklärte Dr. Theobald. »Bringen Sie die Hündin zuerst in die Hundeschule. Ich warte so lange. Sie muss nicht unbedingt dabei sein.«

Ich verstand die Sache mit der Regenbogenbrücke überhaupt nicht und warum ich wobei nicht dabei sein sollte. Ich freute mich nur, als mein Herrchen mich rief und wir zwei uns mal wieder auf den Weg zu Eddi machten.

Am Nachmittag, nach dem Training, lief ich in die Küche. Ich habe nicht schlecht gestaunt, dass Mamas Körbchen leer war. Ich freute mich. Es ging ihr besser. Sie lief wohl wieder im Garten herum. Ich hüpfte in ihr Körbchen und wartete, dass sie kam und sich an mich kuschelte. Heute hatte ich zuerst gelegen und deshalb musste sie sich ganz eng an mich drücken. Das würde gemütlich werden. Ich atmete ihren Geruch aus dem Kissen ein, ich liebte diesen Geruch unglaublich, und schlief sofort ein. Ich wurde wach, als mein Frauchen das Licht in der Küche anschaltete. Sie kam zu mir herüber, bückte sich, streichelte mir über den Kopf und den Rücken und sagte kein Wort. Sie setzte sich neben mich auf den Boden und strich ständig mit der Hand über mein Fell. Das war sehr schön. Das hatte sie noch nie so gemacht. Ich genoss es. Einige Zeit später stand sie wieder auf, nahm den Napf von Mama und trug ihn fort. »Mama?!« Wo war sie eigentlich? Sie konnte nicht mehr im Garten sein, denn es war schon dunkel. In meinem Körbchen lag sie auch nicht. Und ebenso wenig bei mir. Ich wartete ab, wann sie endlich da sein würde.

Sie kam nie wieder. Niemals würde ich sie wieder sehen. Ich verstand nun, was die Regenbogenbrücke bedeutet. Wer über die Regenbogenbrücke geht, der kommt nicht wieder. Ich war unendlich traurig. Ich blieb in ihrem Körbchen und steckte meine Nase so tief wie es ging in das Kissen. Bitte, bitte, Geruch, bleib noch lange in dem Kissen. Dieser Geruch, der so unendlich gut nach Mama roch. Dieser Geruch, der für Wärme, Liebe, Geborgenheit und Sicherheit stand. Sie fehlte mir so. Das Poch … poch … poch, wenn ich ganz dicht an ihrem Herzen lag. Ihr Stupsen, wenn ich ihr auf die Nerven ging, das Rumtoben mit ihr im Garten und die Wettrennen, wer zuerst das Frisbee fängt. Die Gedanken an sie machten mich unendlich traurig. Ich dachte an die schöne Zeit mit Rackerrüde, Nummer 2 und mit meiner Mama. Ich war nun der einzige Hund, der noch hier war. Alle waren sie fort. Ich überlegte ständig, ob es Mama auf der anderen Seite der Regenbogenbrücke gut gehen würde. Mein Herz tat mir vor lauter Heimweh nach ihr so weh, dass ich glaubte, es würde mir jemand andauernd ein Messer hinein stoßen. Ich war so traurig, dass mein Herrchen mich einen Tag aus der Hundeschule ließ, weil ich mein Fressen nicht anrührte. Hunde können zwar nicht weinen, aber Trauer und Heimweh ist für sie so ziemlich das Schlimmste, was es gibt. Immer wieder verbarg ich mein Gesicht tief in dem Kissen und schlief mit dem, was ich von Mama noch hatte, was sich mit jedem Atemzug in mein Herz einbrannte, ein und ich war in diesem Moment dankbar, dass sie mir ihren Geruch hier gelassen hatte.

Tag für Tag roch das Körbchen weniger nach ihr. Es nahm immer mehr meinen Geruch an. Ich versuchte es aufzuhalten – zwecklos. Aber der Duft meiner Mama war in meinem Herzen eingemeißelt. Niemals würde ich ihn vergessen und niemals würde ich Mama vergessen.

***

Ich wuchs fast täglich und meine Ausbildung in der Hundeschule machte mir sehr viel Spaß. Zunächst war ich etwas verwirrt, da ich zunächst nicht wusste, was ich machen sollte, wenn ich ein Kommando umsetzen sollte. Jedoch bekam ich alles sehr gut gezeigt und ich wurde auch nicht ausgeschimpft, wenn ich etwas falsch machte. Die Übungen wurden dann so oft wiederholt, bis ich es kapiert hatte. Angefangen hat es damit, dass ich lernte, mich auf meinen Hintern zu setzen und auch sitzen zu bleiben. Eddi stellte sich vor mich, hob den Zeigefinger und gab das Kommando »Sitz!« Er kam auf mich zu und drückte sanft mein Hinterteil auf den Boden. Selbstverständlich stand ich sofort wieder auf, da ich dachte, das war's. Aber damit war er nicht einverstanden und half mir, indem er mich wieder in die richtige Position brachte. Und jedes Mal, wenn ich mein Hinterteil anhob, korrigierte er meine Stellung und wiederholte das Kommando »Sitz«. Schnell verstand ich: ich darf erst wieder stehen, wenn er es mir sagt. Ich lernte auch, dass die Kommandos von Eddi nie etwas Schlechtes bedeuten. Aufgefallen ist mir das, als er mich mit »Platz« zu einer neuen Übung aufforderte. Wie, platz?! Ich konnte doch nicht platzen wie ein Luftballon! Das kannte ich, da ich als Welpe mit Ylvie spielte. Sie hatte einen weichen, großen, roten Ball, der immerzu hoch flog, wenn ich ihn anschupste. Das Spiel machte irrsinnigen Spaß. Als ich anfing, ihn mit den Zähnen zu bearbeiten, verbot sie mir das. »Hör auf, der platzt«, sagte sie damals zu mir. Aber es war schon zu spät, der Ball knallte laut und wurde zu einem langweiligen, roten, kleinen Fetzen. Ich weiß noch sehr genau, dass Ylvie nicht sehr begeistert von der Aktion war. Beleidigt sagte sie im Rausgehen: »Zum Platzen war der nicht gedacht.« Und unser Spiel war beendet.

Und jetzt verlangte Eddi, von dem ich dachte, er sei mein Freund, das Gleiche von mir. Er verlangte tatsächlich, mich in einen kleinen, roten, langweiligen

Fetzen zu verwandeln und dabei noch laut zu knallen. Wie sollte das gehen? Mir wurde ganz mulmig zumute. Zum ersten Mal dachte ich daran, nicht auf ihn zu hören. Ich wollte definitiv nicht platzen. Aber weit gefehlt. Er sah, dass ich ängstlich wurde und kam auf mich zu.

»Was ist denn mit dir, Mädchen?«, fragte er. »Das ist doch nichts Schlimmes.« Dann stellte er sich wieder vor mich, zeigte mir das Zeichen für »Sitz«. Ich gehorchte. Eine neue Handgeste wurde mir gezeigt, die flache Hand, mit nach oben zeigenden Fingern, begleitet von der Aufforderung »Platz«. Er kam zu mir und zog mich leicht an beiden Vorderpfoten, sodass ich mich flach hinlegen musste. »Platz«, wiederholte er, »so machst du schön Platz«.

Mir fiel ein Stein vom Herzen. Mir wurde mit einem Mal klar, Hunde platzen anders als rote Luftballons und von dem Zeitpunkt an vertraute ich Eddi blind (war ja auch in der Blindenführhundeschule).

Die Zeit verflog nur so. Ylvie war jetzt nicht mehr im Krankenhaus, sondern in einer anderen Klinik, in der sie die selbstverständlichen Dinge des Alltags mit nur minimalem Augenlicht lernte. Wir lernten also beide für dieselbe Sache. Sie lernte die Blindenschrift – ich lernte die Blindenkommandos. Sie lernte mit einem weißen Stock zu gehen, ohne über etwas zu stolpern – ich lernte mit einem umgeschnallten weißen Führgeschirr (eine Art Leine mit langem Griff) gelenkt zu werden. Sie lernte die Kommandos für mich auswendig – ich lernte, sie auszuführen. Und irgendwann würden wir zusammen unser Gelerntes ausüben. Ich freute mich schon auf den Tag, an dem ich Ylvie wieder sehen würde. Allerdings dauerte ihre und meine Ausbildung noch einige Zeit lang an.

Ich wurde mit fast allen Dingen, die Menschen so machen, vertraut gemacht. Ich lernte Türen, Treppen, Zebrastreifen, Telefonzellen und Briefkästen zu finden. Mir wurde sogar beigebracht, freie Sitzplätze im Bus zu finden, indem ich vor ihnen stehen blieb, um sie anzuzeigen. Schlaglöcher und Schranken lernte ich zu umgehen. Nur eins fand ich nicht so toll. Ich liebte Pfützen. Ich liebte es, in sie hinein zu springen und das Wasser wegspritzen zu lassen. Ich liebte es, mich in sie hinein zu legen. Und jetzt – jetzt musste ich lernen, um sie herum zu laufen. Das gefiel mir gar nicht, aber Ylvie sollte ja keine nassen Füße bekommen. Gott sei Dank musste ich die Pfützen nur umgehen, wenn ich mein Führgeschirr trug. So war es für mich ein doppelter Spaß, ohne mein Geschirr so richtig in den Pfützen zu toben.

Aber man sollte es nicht glauben. Ich lernte sogar *nicht* auf ein Kommando zu hören. Eddi zog mir mein Geschirr an und ging mit mir zu einer sehr befahrenen Straße. Er selbst hatte einen weißen Stock dabei, so wie Ylvie ihn später benutzen würde. Selbstverständlich war er jetzt nicht blind, es sollte nur eine Übung unter echten Bedingungen werden. Ein Auto nach dem anderen raste vorbei. Ich erhielt das Kommando: »Bis Bord.« Das kannte ich schon gut und wusste, dass das bedeutet, ich musste ihn bis zum Gehsteigrand führen. Ich erfüllte meine Aufgabe sehr gut und bekam auch als Belohnung einen Hundesnack aus Eddis toller Jacke. Mir fiel aber auf, dass hier kein Zebrastreifen war (eine meiner Lieblingsübungen, so einen zu finden). Als nächstes gab er mir den Befehl: »Voran.« Da ich schon ziemlich gut im Verstehen der Aufforderungen war, war mir klar, dass ich weitergehen sollte. Also ich sollte auf die Straße gehen? Trotz all der Autos?! Von denen kein einziges anhielt, obwohl ich mein Geschirr und Eddi den weißen Stock trug. Da ich allerdings äußerst gehorsam war, bewegte ich mich ein Stück vor. *»Nein!«*, rief Eddi und zog mich wieder zurück. Ich war ziemlich sauer. Ich wusste genau, dass »Voran« bedeutet, ich solle gehen. Der Snack blieb auch aus. Was hatte ich falsch gemacht? Wieder bekam ich das Kommando: »Voran« – wieder ging ich los – wieder »Nein« –wieder kein Snack. Ich verstand die Menschenwelt nicht mehr. Ich hatte doch alles richtig gemacht. Alles genauso, wie er es mir selbst beigebracht hatte. Hatte er sich geirrt und mir aus Versehen ein falsches Wort beigebracht? Als einen Augenblick lang kein Auto kam, hörte ich nochmals »Voran« von ihm. Ich zögerte ein wenig, ging aber dann trotzdem los. Kein Zurückziehen – kein »Nein« – und das Beste: auf der anderen Straßenseite nicht einen, sondern zwei Snacks als Belohnung. Wir wiederholten die Übung noch einige Male, bis mir klar wurde: wenn ich eine Gefahr sehe, wenn wir weitergehen, dann darf ich ungehorsam sein. Wäre Ylvie anstelle von Eddi dabei gewesen, wäre sie höchstwahrscheinlich von einem Wagen angefahren worden, wenn ich losgelaufen wäre.

»Du bist so ein gutes, gelehriges Mädchen«, lobte er mich, als er feststellte, dass ich die Übung richtig verstanden hatte, »das war für meine gehorsame Schülerin bestimmt die schwierigste Aufgabe«, fügte er hinzu und tätschelte mich, » aber du musst wissen, Ungehorsam ist nicht gut, doch diese Übung ist die Übung zum intelligenten Ungehorsam. Und wie ich feststelle, bist du sehr intelligent.«

Ich war total stolz über so viel Lob. Durch meinen intelligenten Ungehorsam war ich in der Lage, einen Unfall zu verhindern. Ich kam mir schrecklich wichtig vor und ging hoch erhobenen Hauptes mit Eddi zurück zur Schule, wo mein Herrchen schon wartete, um mich abzuholen. Am liebsten hätte ich ihm meinen Erfolg erzählt, doch das ging ja leider nicht, da so ein Hund ja kein Wort spricht. (Das reimt sich sogar – vielleicht sollte ich Dichter werden.)

Eddi wäre nicht Eddi, wenn er meinem Herrchen nicht voller Stolz auf mich von dem heutigen Tag erzählt hätte.

Auf ihn war halt Verlass.

***

Am nächsten Tag war mein Ausruhtag. Ich hatte sozusagen schulfrei. Es war ein schöner, sonniger Tag. Mein Frauchen ging mit mir in den Wald, um einen ausgedehnten Spaziergang zu machen. Ich liebte das. Im Wald konnte man tausend Gerüche erkunden und es war schön kühl im Sommer. Oft trafen wir auch andere Hunde, die man dann richtig beschnuppern konnte, und wenn sie es zuließen, war ein Spielgerangel nicht ausgeschlossen. Echte Erholung und ich verstand auch, warum nicht jeden Tag Hundeschule war. Es wäre viel zu anstrengend. Es machte zwar auch Spaß, ein Waldspaziergang war aber auch eine echt super Abwechslung.

»So, ich denke, das reicht, wenn du morgen zur Prüfung musst, solltest du dich nicht ganz so fertig machen, meine Gute«, sprach mich mein Frauchen an.

Wie? Prüfung? Davon wusste ich nichts. Was für eine Prüfung? Ich hatte morgen Hundeschule, ich konnte sonst nichts machen, schon gar nicht irgendeine Prüfung. Und was war das überhaupt? War mir auch egal, ich musste morgen auf jeden Fall zu Eddi. Die Prüfung konnte alleine bleiben. Zu der ginge ich jedenfalls nicht.

Am nächsten Morgen rief mich mein Herrchen wie gewohnt und brachte mich zu Eddi. Sag ich doch – mein Frauchen – Prüfung –, so ein Quatsch. Mein Herrchen, der wusste Bescheid, wo ich hin muss. In die Blindenführhundeschule, damit ich ein Blindenführhund wurde und nicht zu einer Prüfung, damit ich ein Prüfhund wurde. Was sollte das überhaupt für ein Hund sein – ein Prüfhund? Was sollte der können? Doch bevor ich weiter überlegen konnte, kam Eddi zu mir, beugte sich hinunter, streichelte meinen Kopf und sagte: »Und, Mädchen, aufgeregt vor dem großen Tag?«

Wie aufgeregt? Ich kam doch schon so lange, ich war doch nicht mehr aufgeregt. Nö, ich war nicht aufgeregt. Ich zeigte es ihm mit eindeutigem Schwanzwedeln und Abschlecken (nur in Ausnahmesituationen erlaubt). Anscheinend war eine Ausnahmesituation. Sonst, wenn ich einen Abschleckversuch startete, wurde ich von Eddi zurückgewiesen. Doch heute, heute durfte ich und er lachte sogar. Da war doch etwas im Busch. Nur was? Zunehmend wurde ich doch etwas aufgeregt. Heute waren auch noch drei andere Männer da, die sich mit Eddi unterhielten.

»Na, du wirst das schon machen, da bin ich ganz sicher«, sagte mein Herrchen, eindeutig an seinem Sprachfehler zu erkennen (Na du ...), »ich komme dich später abholen.« Er drehte sich um, wünschte Eddi und mir viel Glück und ging zum Wagen. Was war verdammt noch mal hier los? Er wünschte uns doch sonst auch kein Glück für den Schultag.

»Eddi, bring die Hündin jetzt bitte in den Pferch, wir wollen anfangen«, rief einer der drei anderen Männer mit ernster Stimme, »wir können dir den Prüfungsweg erst zeigen, wenn der Hund weg ist.« Ich hatte das Wort genau gehört. Es verfolgte mich – Prüfung –; ich hatte es ganz genau gehört. Was sollte das hier werden?

Eddi nahm mich an die Leine und brachte mich zu meinem Pferch, in dem ich immer meine Pausen zwischen dem Lernen machen durfte. An den sonstigen Tagen machte ich es mir darin immer gemütlich. Heute war aber kein Denken daran. Ich war fürchterlich aufgeregt. Eddi verschwand mit den Worten: »Wir zwei sind ein gutes Team, du und ich; wir haben sehr viel gelernt. Nein, *du* hast sehr viel gelernt. Ich weiß, nach der Prüfung bist du ein echter Blindenführhund, mein Mädchen.«

Ich war jetzt alleine und wartete ab. »Die haben doch etwas bestimmtes mit mir vor!«, dachte ich mir und wurde immer aufgeregter. Nach einiger Zeit kam Eddi zurück, öffnete meinen Pferch und legte mir mein Führgeschirr an. Er hatte seinen weißen Stock dabei und wir gingen gemeinsam zu den drei anderen Männern, die auf uns warteten. »Wir sind bereit«, gab er ihnen zu verstehen, gab mir einen Snack (dabei hatte ich noch gar nichts gemacht) und streichelte mich hinter den Ohren.

»Gut«, antwortete einer der Herren, »dann kannst du losgehen. Den Weg haben wir dir ja eben gezeigt.«

»Voran«, bekam ich als Kommando und wir gingen los. Die Anderen liefen hinter uns her. Wir gingen eine Strecke durch den Ort und ich musste fast alle Kommandos, die ich im Laufe der Zeit gelernt hatte, ausführen. Streng beobachtet von unseren Verfolgern. Ein bisschen unfair war das schon. Eddi kannte den Weg schon und für mich war er neu. Da mir die Ausbildung aber großen Spaß machte, hatte ich auch an dem unbekannten Weg meine Freude. Schon bald hatte ich die drei Männer vergessen. Ich suchte für Eddi Zebrastreifen, eine Telefonzelle und einen Eingang zu einem Geschäft. Ich sollte einen freien Platz auf einer Parkbank finden und einen Gehsteig. Ich zeigte, wie ich »bis Bord« gehen konnte und gab ein bisschen mit meinem »intelligenten Ungehorsam« an. Viele weitere Übungen folgten. Als ich schon langsam anfing, etwas müde zu werden, wurden wir von einem der drei Männer zum Aufhören aufgefordert.

»Sehr, sehr gut gemacht, Mädchen«, bekam ich von Eddi zu hören und ein Snack folgte dem anderen. Herrlich – was für ein Tag. Wir gingen auf die Herren zu, die plötzlich alle drei anfingen zu klatschen.

»Phantastisch! Einfach phantastisch, die Hündin. Sie hat die Blindenführhundeprüfung mit Bravour bestanden«, äußerte sich der größte Mann von ihnen, »aber sowas von mit Bravour, unglaublich.«

»Danke, ich bin auch sehr stolz auf sie. Sie ist so intelligent und gelehrig. Ich hatte keinerlei Bedenken, dass das nicht klappen könnte«, erwiderte Eddi voller Stolz. Er bückte sich zu mir herunter, legte seinen Arm um meinen Hals, gab mir noch einen Snack und einen Kuss zwischen die Ohren. Ich musste etwas Tolles gemacht haben, denn das hatte er noch nie getan.

Mein Lehrer bekam die Hand von den Herren und einer überreichte ihm ein Blatt Papier, mir tätschelten sie nacheinander auf die Schulter.

»Diese Urkunde hat die Hündin sich weiß Gott verdient. Es ist Ihnen doch bewusst, dass sie mit der kleinen Ylvie und der Hündin noch einige Zeit gemeinsam üben müssen. Ich denke nicht im Entferntesten daran, dass unsere neue Blindenführhündin Fehler macht, das Mädchen muss lernen, richtig mit ihr umzugehen, damit sie nicht versauert«, wurde Eddi noch mitgegeben.

»Das ist selbstverständlich. Ich habe die Sache mit der Familie Sperling bereits abgesprochen. Ich bin ja auch froh, wenn ich mein Mädchen noch ein paar Mal sehen kann«, erklärte er ihnen.

Jetzt hatte ich verstanden. Ich musste diese Prüfung ablegen, damit Ylvie und ich, wenn sie endlich wieder nach Hause kommen würde, auch alleine unterwegs sein dürfen.

Schon wieder etwas gelernt: vor einer Prüfung braucht man überhaupt keine Angst zu haben, wenn man genug geübt hat. Hätte ich das vorher gewusst, wäre ich auch nicht in meinem Pferch so aufgeregt gewesen. Ich konnte stolz auf mich sein und das war ich auch. Ich hatte für eine wichtige Sache mit sehr viel Spaß lange geübt und als Belohnung konnte ich nun als »Pilot« für Ylvie meine Aufgabe erledigen.

***

Auch zu Hause wurde ich mit Lob, Streicheleinheiten und Leckerlis überschüttet. Das war ein wunderschönes Gefühl. Alle waren stolz auf mich. Stolz auf mich, Nanu. Mama wäre mit Sicherheit auch sehr stolz gewesen, wenn sie nicht über diese blöde Regenbogenbrücke gegangen wäre. Immerhin hatte sie mich ja geboren und mir somit vielleicht ein bisschen Intelligenz von ihr vererbt. In diesem Moment merkte ich mal wieder, dass ich sie sehr vermisste.

***

Ein paar Tage später lag ich im Garten auf dem Rasen und ließ mir die Sonne auf mein Fell scheinen. Es war sehr warm an diesem Tag und deshalb war ich zu faul, um mich zu bewegen. Das änderte sich jedoch schlagartig, als sich plötzlich die Verandatür öffnete. Was ich dann sah, veranlasste mich sofort aufzustehen und loszurennen. In der Tür standen mein Herrchen – und Ylvie. Ich lief zu ihr und wäre am liebsten an ihr hoch gesprungen. Jedoch, in der Hundeschule habe ich gelernt, dass ich das nicht tun sollte. Es war aber nicht weiter schlimm, denn sie bückte sich zu mir hinunter und ertastete mit ihren Händen meinen Körper.

»Bist du riesig geworden«, stellte sie fest und ich schleckte ihr durch das Gesicht und über ihre Sonnenbrille, die sie trug.

»Wie habt ihr sie eigentlich genannt, Papa?«

»Wir haben ihr noch keinen Namen gegeben, denn wir wollten, dass du ihn aussuchst. Sie wird von jetzt an ja immer bei dir sein und dann sollte dir der Name auch gefallen.«

»Oh, das ist ja super, dann werde ich mir einen schönen Namen für sie ausdenken«, freute sie sich.

Komisch, ich weiß doch, wie ich heiße, ging es durch meinen Kopf. Aber bitte, wenn es Ylvie so viel Freude machte, einen Namen zu suchen, dann sollte sie das ruhig machen. Trage ich eben zwei Namen.

Es klingelte an der Haustür und mein Frauchen öffnete.

»Ah, Eddi, schön, dass Sie da sind. Ylvie freut sich schon wie verrückt auf den ersten Spaziergang mit ihrer Pilotin.«

Nicht nur Ylvie freute sich, denn ich konnte mir vor Freude, Eddi nach Tagen wieder zu sehen, ein Bellen nicht verkneifen.

»Da ist ja mein gutes Mädchen. Wie geht es dir?«, begrüßte er mich.

»Das ist Eddi, der Mann, der deiner Hündin alles beigebracht hat, was du gleich erleben wirst«, stellte mein Herrchen Ylvie Eddi vor.

»Guten Tag, Eddi«, begrüßte sie ihn höflich, dann streckte sie ihre Hand aus.

Er nahm ihre Hand, um sie zu schütteln: »Hallo Ylvie, und – hast du Lust auf einen Spaziergang?« Sie nickte. Eddi legte mir mein Geschirr an. »Und los geht's«, meinte er und wollte gerade den Haltegriff meines Geschirrs Ylvie in die Hand geben. Aber halt! Sie hatten etwas vergessen. Ich sah den weißen Stock von Ylvie noch in der Ecke stehen. Ich drehte mich um, lief hin, nahm ihn vorsichtig zwischen meine Zähne und brachte ihr ihn.

Mein Herrchen war darüber so erstaunt, dass er sagte: »Nanu, die denkt wirklich an alles.«

Mir stockte der Atem – mein Herz machte einen Freudensprung: Zum ersten Mal hatte er meinen Namen richtig ausgesprochen.